詩集

あけぼの
（JUN&HIDE）

苗田 英彦
Naeda Hidehiko

風詠社

目次

装幀　2DAY

あけぼの

信念

何事にも
前向きに取り組んでいきたい

一筋の光明が見えることもある
茫洋たる夢に過ぎないこともある

でも 真理は誤ってはいないだろう
確固たる信念は持ち続けている
道を誤りたくもないとも思う

小さくてもささやかな幸せを
つかみ取っていきたい

この心構えで 令和の時代を
生き抜き通していきたい

朝風呂

すがすがしい朝に 入浴した
少しぬるめの湯に しっかりとつかる
身体の芯まで ぬくもった

洗髪をし ひげをそり 身体を洗う
シャンプーの良い香りが 心地よく感ずる
最後に上がり湯をして
その後に 全身シャワーをした

身が引き締まる思いだった
ふだん着に着替えて
冷茶を飲みながら
メンソールたばこに火をつけた
充実感と身体のほてりで

至福の時間を感じた

妻が朝食の準備をしてくれ
私は パソコンを開いて
気持ちを落ち着かせていた

こんな朝風呂なら
もっともっとしたいと感じた

休日

5月の中旬の休日
久しぶりにショッピングセンターに
妻と出かけて行った

レストラン街 スーパー
百均 ファッション街

心行くまで 買い物を楽しんだ
春物衣料 食材 お菓子やカップ麺

昼食はレストランにて
トルコライスオムライスを食べた

買い物後は カフェにて喫茶する
フルーツゼリー・ソーダフロート

冷やかで さっぱり感に満足した

帰りには フードコーナーで
手巻きずしを買って帰った
充実した一日を送ることが出来た

明日からは事業所に
また通わなければならない
頑張らなくてはと
気持ちが新たになる

肩に力を入れることなく
一週間を送っていこう

6月

新緑の季節に
私の心はふと踊りだす

長年来の夢であった本の出版
詩集の校正が いよいよ始まる
事業所の話題にも
事欠かないだろう

初夏の装いは すでに十分準備した
後は つつがなく事業所に通うことと
週末の妻とのショッピング

大いにこの季節を楽しみたい
6月の貴公子にあこがれて
さわやかに 夢の実現に踏み出してみよう

出版の次は　海外への旅行
まだ見ぬハワイに夢馳せている

中旬になって　梅雨が近づき
じめじめした季節になっても
心の奥では　華やかな梅雨明けの
乾いた季節に思いを馳せている

再出発

やめようと思っていた
でも 続けていたくもあった

本当に今までのブログで
他のサイトに移行して
受けいれられるものかどうか悩んでいた

生来の楽天さで
ブログ移行に踏みきっていた
つたない詩の連続
脈絡の乏しい小説
話題のない日記

でも ブログを消し去ることはできなかった
いつでも 人目に触れていたい

来るべき詩集の出版にも
大いに寄与したい

そんな気持ちを胸に
もう一度原点に戻って
再出発しようと思った

深夜の孤独

今夜も一人で自宅にいる
妻は入院中で
家の中には 活気のかけらもない

せめてブログがよりどころとなる
一人でいると 話題も少なく
肩身の狭い思いすらする

そのうち慣れるであろう
このみじめなつぶやきが
人目に触れることもあろう

明日も妻の面会に出かけよう
喜ぶ笑顔が 今の僕のよりどころとなる

まだ寝付けそうにはない
今夜も頓服の力が　必要となろう

心の痛み

なぜ 私は苦しみを感じるのだろう
どうしてつらいのだろうか

それはあなたのなせる業かもしれない

あなたの言葉をかみしめて
あなたの笑顔に心奪われ
あなたとのつかの間の時間を共有する

全ての時間をあなたと共有したい
それが今の私の夢だ

あなたにこそ 早く良くなって
元気になってほしいと願うばかりだ
私の苦しみも

そうすれば癒されることだろう

言葉

64才になるこの年まで
いろいろな経験はしてきた
その都度ためていた言葉もある

でも ためた言葉を発信するすべを
今まで知らなかった
言葉にある本質的な意味を
理解できないままに過ごしてきた

あれからもう25年
未発表の言葉も多いが
ようやく言葉を世に発する機会に恵まれた

大切にしたい 私自身でためた言葉を
詩というものには恐れ多いが

言葉の連続には　説得力はある
少しは　私自身の生きざまをも
理解していただけるだろう

これからも機会があれば
大事にしている言葉を
発信していきたい

7月

梅雨の末期になってきた
もうじき季節は
本格的な夏になる
じめじめした空気の下で
ときおり陽が差し込み
暑くさえ感ずる

大学生たちは 夏季休暇に入り
電車の中では あまり見受けられない
代わって リクルートスーツ姿の
女子大生が目立つようになってきた

もうそんな時期なのだろう
内定欲しさの会社訪問
今も昔も変わらぬ風景だ

公務員試験も始まり
かつての私を 懐かしく思う

この令和の新時代の学生たちに
私も一つだけはなむけの言葉を送りたい

『一生、転職ゲームにかけてみろ』

36才の時に公務員を辞めた時に
親友が贈ってくれた言葉だ

その通りには行かなかったけれども
一つのことにとらわれずに
大いに可能性を試したらどうかと
言ってくれた言葉だと思う

私もブログ活動を通して

社会貢献には　一役かっているつもりだ

希望

辛くて厳しい毎日だった
妻からも 笑顔が消えていた
息苦しい面会
言いようもない沈黙

でも 光明が見えてきた
自由時間 親友との面会予定
食事外出 外泊への取り組み

このようなことで
妻は笑顔を取り戻しつつある
和やかな面会時間
時折見せる笑顔

明日も面会に行きたい

そんな気持ちにさせてくれる
楽しい時間がある
退院予定は未定だが
現状は 明るい希望を持たせてくれている

私が買った服装で
随分と垢抜けもしてきて
こぎれいにもなってきた

早く退院できたら良いと願っている
また好きな 寺社仏閣参りでもして
のんびりとしたいなあ

曇り空

梅雨の末期 うっとうしい日が続く
空気は湿り 肌をじめじめと濡らす
風はなぎ 気温は上昇する

長袖のTシャツに チノパンスラックス
ショルダーバッグに 野球帽
ドライブシューズを履いて
あなたのもとへ 重い足取りで向かう

こんな季節には 折りたたみも欠かせない
空模様のように 心模様も曇りがちだ

毎日待っているあなたのために
気持ちを引き締まらせて
遠距離の電車を乗り継ぐ

あなたの笑顔を見たら
心の曇りも晴れるに違いない

枯渇

幾千と湧き出てくるはずの情熱
大地をも潤いを与える地下水脈のようだ

でも 信念だけでは言葉を綴っていけない
話題性のない必然
脈絡の乏しい 独り歩きした話

書いても書いても陥るジレンマ
何を訴えたら良いのだろうか
私のビジョンには
もうアイデアは存在していない

愛のない夢のない理想像
そんな気持ちになって
創作に励んでいる

何かのきっかけがあれば
方向転換も可能だろう

政治 経済 社会問題など
でも 私には心の変化を
とらえる言葉しかない

一言居士にならぬように
座右の銘をもって
取り組んでいこう

「人生 山あり谷ありだ」と
理想を描いて
詩や小説に取り組んでいきたいと思う

元気

病に倒れてみて
初めて 健康のありがたみを知った
不養生がたたったのかもしれない
君の入院で 無理をしすぎていた

入院していても 血糖値は
なかなか低下しないでいる
一度失った健康は
すぐには取り戻せそうもない

君が緊急の入院を要請した
的確な判断だと思っている
毎日面会に来てくれて
とてもありがたかった

やっと退院できたので
今度は君に約束するよ
もう無理な不養生はしないことを
健康を保てるよう努力するつもりだ

君も私も退院して
これからは 二人力合わせて
元気に支えながら
仲良く生きていこう

手持無沙汰

ここ数週間 何も前には進んでいない
しばしはこころの休息と思いたい

焦る必要はない
私の周りでは 確実に歩みを始めている
出版のことや私の旧友の事故の対応でも
支えてくれている方がいる

私一人では どうしようもないが
自らも 責務だけははたしている
後は周囲の方の対応次第だ

また しばらく創作原稿も書いていない
しなければならないことは山ほどある
でも 焦る必要もない

吉報を待ちたい

病み上がり故 安静にして
時が 空気が
問題を解決してくれるのを
信じて待ち続けよう

顔

すがすがしく今朝は目覚めることが出来た

顔を洗い　ひげをそる
心なしか 鏡に映ったその顔は
時の経過を感じさせるものだった

いたるところにできたシミ
額に大きく三本のしわ
瞼の下に大きなたるみ

でも 今の顔が好きである
丸刈りにした頭に
とてもよく似合っている

これからも鏡に映った顔に

自信が持てるような
人生でありたいと思う

ブログ

良きにつけ悪しきにつけ
日々の生活は
ブログに明け暮れている

日記 詩や小説の投稿
さらに書下ろしの詩

うれしい時もつらい時も
ブログが私を支えてくれてきた

作ってはやめ やめては作り
始めてからもう15年にもなる

ブログの仲間もでき
仲間の輪が広がっている

コメントやいいねが
私にやりがいを持たせてくれている

やめたいと思うこともある
でも 読者やファンのために
怠ることはできない

趣味はと聞かれると
ブログですと答えることもあるぐらいだ

日記 雑記 詩 小説 食べ物と
ほとんど無趣味な私でも
記事にできることは
なんでも記載している

これからも このスタイルを変えることなく
末永く続けていきたい

船出

もう君は行くのかい
私も 後からついていこう
君と二人の二人三脚

君の描いてくれた航路を
私は忠実に たどってきた

今までは 君が船長で
私が操舵手だったけど
君ももう70才
そろそろ私がコンパスを
描く年になったと思う

出版の夢はもう実現することが出来た
これからは「まちの詩人」として

創作活動に励んでいくよ

もう一つの夢 海外渡航には
来年あたりにハワイへ行きたいなあ
君のお気に入りのレスポートサックを
君へのプレゼントとするよ

もう私は 君に追いついて
やがては追い越して
君を引っ張っていき
見守っていきたいと思うのだ

君 今日まで そして今後も
心からありがとう

君よ8月に熱くなれ

灼熱のこのお盆の頃に
いつも君たちはやってくる
熱戦の中 土の香りと汗のにおいが
人を テレビの前に釘付けにする

初回の緊張感
中盤の攻防
そして 終盤の逆転劇には
感動の涙さえ浮かべさせてくれる

スタンドでは多くの応援団が
顔を真っ赤にして
声をからすまで
必死に応援し続けている

試合終了のサイレンが鳴り響き
ふと我に返った人々は
大いなる感動と満足感に充足される

君よ8月に熱くなれ
来年もこの時期に集い集まってくれ
新たなる歴史のドラマを刻むために

満悦

私の詩集がようやく世に出る

とても満ち足りた気分
どうしようもない興奮
あとひと月待てば
ネットや本棚に並ぶだろう

長年の夢だった
15年の時を経て
ようやく実現したことだ

売れてほしいなんては
とてもおいそれとは言えないが
なるべく多くの人の目に触れてほしいと願う

抒情や感傷の少ない
生活感あふれる雑詩集だ
でも 今の私の全てでもある

このスタイルは変わらないだろう
いつか良い詩集が書けたなら
また世に送り出そうと思っている

被後見人として

来年1月には65才になる

無資格で 何の特技も持ってはいない
精神疾患を持ち
しかも成年後見の被保佐人として
いったい何ができるというのか

15年以上の仕事のブランク
業務経歴に書かれた単純業務
何のとりえもなく生きてきた

令和になって法改正があり
欠格条項が撤廃された

そうだ 勉強してみよう

資格を取って スキルアップしたい
まだまだ若いから やればできるだろう

無資格では世間が認めてくれないだろう
障害者として
被後見人として
世間に恥じない自分を持つために
大いに努力はしようと思う

この夏の思い出

この夏の思い出は色々なことがある

一番の思い出は
詩集の出版準備だ
丁寧な校正を行っていた

次は成年後見問題
成年後見人を考える会に
寄稿できたこと
この制度をよく理解することが出来た

その次は病気による入院
妻の精神科への入院と
私の糖尿病での入院
妻の入院では 毎日のように面会に行った

慌しかったが 張り合いも持てた

最後は妻とのうなぎの会食
明石のはたごやでうな重
和食のさとでひつまぶし膳
とてもおいしくいただけた

この夏はもう終わるけれども
私の心の中では
一生終わることはないだろう

秋雨前線

晩夏の頃 季節はもう廻って
秋に入っている
涼風がそよぎ 気温も下がっている
台風が訪れることも多い

もう夏の季節感はなく
始業式が始まっている所もある
一番の秋の気配は
秋雨前線の発生だ
気温が低く 空気は湿り
涼風がそよいでも
風の気配も感じられない

今日は雨
一日が重苦しく感じられる

心は愁いを帯びて
無為に時間が過ぎていく

今日は私用で事業所を休んだけれども
一日しとしと降る雨に
外出する喜びは少なかった

せめて傘をたたんで
カフェにでもはいって
君とともに喫茶する時間を
持てたことが救いであった

盛秋の旅行の予定で
話が盛り上がり
しばしの秋雨から
心を解放される時間を
持てたことが嬉しかった

悲痛の雨

安堵した生活に慣れ親しんだ人々に
天が悲痛な試練を与えた

怒り狂うほどの豪雨
脆弱すぎる地盤
錯綜する如くの交通の麻痺

街の機能はおびただしく壊され
人の命を犠牲にもした

この怒りや苦しみを昇華するすべもなく
人々は涙の中で
立ち上がらなければならない

多くの有志が義援の精神を持って

励ましの言葉とともに
奉仕の方針で頑張り続けるように願う

9月

空には羊雲が広がり
陽光は紅に燃ゆる
空気はかすかに濡れて
秋の長雨の気配を感じさせる
木々は鮮やかさを呈し
木の葉はやや褐色を帯びている

街のスーパーでは
秋の味覚が 所狭しと並べられている
彩もあでやかに
柿色 梨色 葡萄色 栗色など

人は長袖に着替えて
装いも濃厚色に映っている

秋の雰囲気は　いたる所にあふれ
テレビでは　様々なスポーツを放映している

秋の魅力は多様だが
思索をめぐらせて
本格的な秋を　堪能したい

秋の味覚

駅前のスーパーにも
秋の味覚が並んでいる
中でも今日は松茸が
安く売られていた

二人で相談して
小ぶりなものを2パック購入した

今日は松茸の料理に舌鼓が打てる

お吸い物、焼き松茸、松茸ご飯
美味しそうな予告先発に
思わず心から喜んでいた

季節はもう秋真っ盛りだ

若さ

老若男子が集い会って
日頃の近況を伝え合う

今も現役でコーラスをされておられる方も
いらっしゃるそうだ
唄を忘れて40年
声をなくして3年半
おそるおそる読めない楽譜の
歌詞をたどり ハーモニーの中に
溶け込んでみた

厳しく響くファルセット
隣の壮年に導かれ
人に合わせてトップの旋律
何とかついていくことで

若さの波に感銘を受けた
また来年も同窓の会に
やってきて 皆の前にて
拙いけれども 歌ってみたい

音は調べ 心は絵模様
一つになれた時間の中で
若さの秘訣の一端に触れた思いがした

退所に臨んで

就労支援事業所を　明日退所する

桜の香る4月より
通い始めた
良きスタッフ 気心の知れた仲間
人間関係も良好で
居心地も とても良かった

今日胸の内を 所長に説明した
創作活動に専念したいと
昼休みには古参の通所者より
いつでも 復職してよいように言われた

心の決意は固い
夢は大きく持ちたい

「まちの詩人」から
「文筆家」への夢
勝ち取れるものなら 試してみたいと思う

そして費用面で許されるのなら
多くの作品を世に出してみたい
たくさんの人に
私の作品を読んでもらいたい

そんな意味で 中途半端には
通所を続ける気持ちはなかった

そして 妻との海外旅行
夢は大きく広がっていく
精神疾患を持つ者同士でも
きちんと生活できることを
胸を張って証明していきたい

残された時間はそう多くはないが
二人仲良くパートナーシップを持って
有意義な時間を持ちながら
希望ある明日を目指して生きていきたい

風邪

2週間前から 風邪に悩まされていた
いつものクリニックで
風邪薬ももらっていた

でも10日たっても良くならないので
違う病院に行くことにした

風邪の症状について
詳しく説明をする
咳が止まらない
痰が絡む
鼻水が止まらない

薬を処方してもらったが
きのう飲んで 途端に症状は改善された

薬があっているので よく眠れた
もう大丈夫だろう

悲しみの中で

自然の猛威　未曽有の被害
暴風雨は吹き乱れ
大量の雨は　大地を砕き
河川は氾濫し　平地は多くが浸水した

人は幾人もが天に召され
多くの人が負傷した

悲しい現実
災害は今も続いているが
台風はすでに去り
反乱も徐々に沈静化している

不自由な避難生活
言いしれようもない不安

でも 人はスポーツにすくわれることがある
ラグビー 野球 バレーボール
その一喜一憂に勇気をもらっている

私にも出来ることを模索し始めている
声を大にして呼びかけたい
悲しみの中でこそ
夢を持っていきたい
悲しみの中でこそ喜びの心を持ち続けたい

そうしてエールを送りたいと思う

頑張ってください
私もなり遂げていないことを
実現しようと考えています
詩集を一冊刊行した今は

小説集を出版したいと思っています
皆さんも苦しい中にも
明るい希望を描いて
夢のある人生を送っていってください

秋深し

朝の静寂の中で
ベランダに出てみる
空気は乾燥し
冷気は冷たく身に感じる

様々な秋に 感傷的になる
思索の秋 読書の秋
芸術の秋 創作の秋
でも 心の中は
創作詩集の売り上げが
気がかりとなっている

はたして皆さんの目に留まるだろうか
手に触れて読んでくれるだろうか
有意義な時間を持てたと

感じて頂けるだろうか

どんな評価でも良い
たとえクレームでも良い
何か反応が欲しい

唯一の救いは
詩集の売り上げランキングを見ることだ
百位以内なら
程よい反響ではないだろうか

この22日に新聞広告も掲載される
たとえつたない詩集でも
出来るだけ多くの人に読んでほしい
また私の心の変化に
何かを感じてほしい

そんなことを考える今日この頃である

あけぼの日記

着飾って

秋も深まり 季節は晩秋
65才のこの年では
今更 ハロウィンの前後に
仮装なんて出来そうもない
久しぶりの君との旅行

普段着に身をやつして
出かけるとしても
軽装で出かけたい

少し薄めのブルゾンを
厚めのトレイナーの上から羽織り
ズボンは秋物のチノパンツ
おろしたてのスニーカーはいて出かけよう

君も少しだけお洒落して
古都奈良の平城宮を
散策しよう

由緒正しい旅館に泊まり
美味しい料理に舌鼓する
大浴場で汗を流して
ゆっくりと静養したい

紅葉には少し早いが冬模様に
移り変わる木の葉を見て
晩秋の気配を感じ取ろうと思う

季節は廻り
晩秋を過ぎるともう師走
心はもう12月を
意識し始めている

詩心

深まりゆく秋
物思いに耽ることも多い時期だ
秋は文化・芸術の秋でもある

創作意欲は大いにあるが
詩心には乏しく
拙作が多い時期でもある

出てくる言葉に
叙情感は少ない
ただ食欲のみが優先されている

あの奈良山で触れた木々の紅葉も
言葉としては消えてしまっている
これからは言葉のスケッチを

絶えず行い
良い作品を残していきたい

年の終わりに

もう11月も半分過ぎた
秋の陽光がリビングに差し込んでくる

すがすがしい朝
君は得意の朝食を
用意してくれている

喫茶店の様なホットドッグ
ブレンドホットコーヒー
キャベツときゅうりのマヨネーズ和え
市販のヨーグルト

二人の会話の話題は乏しい
「ねえ、ひでちゃん。
今度は、いつ詩集出すの」

「分からないなあ、作品と良し悪しと
予算との相談だよ」

「あんまり有名にならないでね。

今のままのひでちゃんが好きなの」

「夢は大きく、賞取りだよ」

「頑張ってね」

そんなあり得もしない空想で
盛り上がっている今日この頃だ

腹立たしさ

声を失ってしまってもう4年
やっと日常会話が
曲がりなりにも通用するようになった

一番の難点は
電話の応対だ
とても聞き取りにくいはずだ

飲食店のオーダーは
メニューもあり
何とか対応できる程になってきた

時々カラオケマイクで
歌を唄うことも
気晴らしと発声練習を兼ねて

行うようになった

この悔しさを詩の創作に
ぶつけてみよう

きっといつかは
かなり唄えるように
なることを願っている

来年の抱負

新年を迎えることに
身が引き締まる思いがする
今年は念願の処女詩集を
出版することが出来た

来年は 来年こそは
初めての小説集を
出版してみたい

私小説、 空想小説
どちらでも構わない
資金も限られているし
成年後見の縛りも課せられている

私の作品が一般人の

目に留まることを
切に願っている

ひとりじゃないよ

この私にもかけがえのない
たった一人の家族はいる
妻と知り合ってもう17年
遅い結婚だった
子供にも恵まれずに
夫婦二人で歩んできた
支えてくれた親友もいる

また入院するたびに
新しい仲間も出来た
懇親会などにも出席はしていないが
皆元気でいるだろうか

学生時代のサークル友達
三年に一度程度の同窓会

今年も喜んで参加させてもらった
心の支えになっている

初めて勤めた職場のOB会
毎年のように案内状が来ている
ハガキの余白に近況報告して
いつかはたまには出席してみたい

初めての就労支援事業所
この9月で退職したが
時々近所なので
挨拶がてら立ち寄ることもある
新しい詩集が出来たら
届けようと思う

こうした妻との二人っきりの生活でも
周りを取り巻く霞のような

運命づけられた縁が存在している
ひとりじゃないのだ
一人っ子の私にも
多くの人が関わってくれているのだ

勇み足

全てが自己満足に過ぎなかった
本を出せば売れるだろうと・・・

言葉の持つ良し悪しも
よく吟味もせずに出版していた
単なる情報発信だけでは
読者は飛びつかない

もう一度世間に問いたい
私自身の言の葉にて
世に出ることが目的ではなく
ひろく私の心の内を伝えることを
目指しているところなのだ

言葉のストック・アイデアの構築

全て読者目線で創作活動に
携わっていきたいと願っている

寒気

明日からは12月
晩秋を終えて冬が訪れる
ここ数日の冷え込みは
身も心も凍る思いだ

長袖の防寒インナー
厚手の靴下・冬用のタイツ
防寒対策を充実して
街へ出かけよう
通院・理容・買い物と
一人で出かけることも多くなった

気分一新、丸刈りにしてみた
お歳暮・年賀状・お節料理の予約
迎春準備は残っているが

ゆっくり焦らずに臨んでいきたい

今は我慢が大事

コロナ この恐ろしい病気は
全ての社会構造を
変化させてしまった

スポーツ中継 音楽番組
芸能・文化的行事
中止が多くなり
テレビも面白くなくなった

行楽も旅行も出来ないし
映画館や公共の動物園・美術館など
閉園が多くなった

今は古いビデオでも見て
我慢すること以外に

打開策はないだろう

伝言

いつものように貴女に告げよう
初めて会うことになるが
最寄りの駅で待ち合わせしよう

長い黒髪 眼鏡美人
素敵なドレス姿 真珠の首飾り
写メールで見た貴女の実態

騙されているかもしれないことは
理解している
でも良いのだ
この伝言も無視しても・・・

歌いたいなあ

4年前に声をなくした
いまだに流暢には話が出来ない
電話の声はなおさらだ

若い頃はややか細いが
きれいな声で歌っていた
町役場のカラオケ大会で
7位に入賞したこともあった

今は前座の扱い
頼まれるとだみ声で
堀内孝雄や坂本九の
十八番を唄って
場を盛り上げる役に徹している

もう声は返らないが
せめて丁寧に歌いたいものだ

陽光

ベランダ越しに朝日が差し込む
窓を開けると
生暖かく 涼風と入り混じっている

君に頼まれた洗濯を済ませ
物干しにつるす
鳩のつがいがやってきて
階上の家へ降り立っていた

もう6月も近い
春は終わり真夏がやって来る
初夏の陽気の中で
半袖のTシャツで過ごしている

結局会えず仕舞いだったが

貴女は今どうしているのか
少し気になっていた

君への言葉

ここのところ家事が多くて
大変だったね
おはよう
もう朝だよ 起きるかい

昨日ぐっすりと寝たので
少しは元気が出てきたかい

朝のジャムトーストと
濃い目のインスタントコーヒーも
用意しているよ

君が元気じゃないと
僕まで寂しくなるのだ
さあ 元気を出して起きておくれよ

熱情

燃えるような恋に
心を躍らせてみたい
でも身体が冷え切ったままでは
本当の恋とは言えまい

巡り会ったばかりの貴女
言葉に込めて
恋心を綴ってみよう

ありきたりの挨拶の中に
喜びや楽しみを込めて
心の内を訴えていこう
私のあふれ出る熱情も
いつかは理解してもらえるだろう

夕暮れ

もうじき夕闇が押し寄せてくる
陽光が闇に紛れていき
明るい光が衰えていく

街の明かりがあちこちと
ともり始めて
真紅の世界が広がりを見せる

人々はゆうげの支度を行い
公園に遊ぶ子供たちも
家路を急ぐように帰っていく

今日一日も無事に終わった私は
まだ見ぬ貴女への
思慕の情を抱いて

心躍らせている

太陽は水平線に沈みゆき
黄金色の光を放っている

叶わぬ夢かもしれないが
貴女と一緒に
落日の太陽を観覧したいと
夢幻の世界に漂う私であった

6月

巡る季節の中で
新緑が辺りを染める季節になった
四季ではもう夏
人々は衣替えして
軽装になる

6月に新たな出会いが訪れ
7月に恋に落ち
灼熱の太陽の下
8月に濡れた砂浜で
結ばれるという

愛を愛おしむ人は
6月の心情を大切に
自らを守っていかなければ

ならないだろう

苦悩の夜

一人寝の寂しさを
SNS活動で紛らしている
深夜の孤独
君は別室で寝息を立てている

心の葛藤は
貴女への想いでもある
飢え切った心を
煙草と飲み物で癒してみる

夢の続きは無いだろうが
幻想の世界を再び
辿ることが出来るだろうか

追加の眠剤を飲んで

静かにベッドに横たわる

天然

自然は非情である
時には猛威を振るい
大雨をもたらす
でも雨は天然の恵みでもある

雨のおかげで大地は潤い
植物は育っていく
古来雨が枯渇すると
神の命にて行ってきた人々は
雨乞いの儀式すら

人は天然事象に
畏敬の念を抱きながら
調和のとれた現代的な
雨乞いのメカニズムを作り

自然災害にも対応していかねば
新たなる科学の発展は
訪れないと思っている

友情

45年以上も隔てて
高校時代の親友に
SNSを通じて知り合えた

彼は声楽家として
成功したらしい
私は一介のブロガーに過ぎない

ただ紆余曲折の人生を
彼も送ってきたそうだ
互いの境遇も理解しあえた

今も時々メッセージのやり取りは
私の方から行っている
声が不自由な私は

電話も出来ないが
いつかは会って
旧交を深めたい

真心

多くの人は性善説を
信じてやまない
清らかな心は
健全な心身に
宿っている

他人のことを
疑ってみることも
大切ではあるだろうが
最初から色眼鏡で
見るのは良くないことである

真心を持って
人に接していれば
おのずと道は開かれるだろう

喜び

ＳＮＳ活動で
良い記事には「いいね」が付く
本当に気が休まる思いで
嬉しそうに拝見する

気心の知れた友達よりの
コメントやスタンプ
とてつもなく心が温まる

詩・小説・料理記事のみの活動
でも他にこれと言った
話題になるものはない

だけれども私の記事を
楽しみや励みにしている方が

おられる以上
私は頑張りたいと思っている

雨の中

梅雨の季節に入った
毎日蒸し暑い日が続いている

団地内の植え込みに
アジサイの花が咲き乱れている
薄紫色をして雨に打たれ
可憐な仕草を魅せてくれる

雨の中でふと貴女のことを
思い起こしている
雨が天の涙が
人恋しくさせている

もう終わった恋だけれども
雨がやんで虹が出るまで

私には忘れられない

無情

梅雨の末期に集中豪雨
多くの地で被害を呼び
人の命さえも奪い去る

自然は時には非情だ
河川の決壊
土砂崩れ
地盤の崩落
家屋の破壊

なぜこうも無情なのだろうか
なぜこうも悲惨なのだろうか

私にできることは
小さなことかもしれない

声を大にして慰めの
エールを送りたい
そして義援の心を
持つ方々に呼びかけよう
被災地に救援の
物資やカンパをお願いしたいと・・・

道標

私はただ黙っている
自分自身のためでもある

男として責任ある
寡黙な人を演じていきたい

君のため 友のため 仲間のため
人生をさ迷い歩く人のためにも
確固たる道しるべでありたい

道に迷い 救いを求める方に
行くべき道を示唆して
迷いから覚めるきっかけを
与えられるような存在になろう

輻輳

この世は一律のものではない
時間 空間 時空間 銀河など
それらが混在して
成立しているようだ

生きとし生けるものは
一代限りと定められている
だが真相は疑わしいことも多い
黄泉がえり 生まれ変わり
転生 死後の世界の存在など
この世以外にも
存在可能な場所もあるだろう

人は何の為に生まれてきたのだろうか
愛 友情 家族 栄光など

欲望とともに
幸福をもたらしてくれよう

君に巡り会って
一つの答えを知ったよ
共に生きた十数年
悲しみやうれいを乗り越えて
幸せを勝ち取ったのだ

また君が別の場所で
待っていてくれそうな気がする
ぜひ君を求めて
輪轃空間をさ迷い続けたい

生きる

何も変わらないと嘆くより
何かに没頭して
わが身を忘れている私が好きだ

詩にせよ小説にせよ
平凡なものに過ぎないが
生きている証を
残していけるのだ

日々の心情 季節の移ろい
友人や家族について
日記のように綴ること

きっと一生詩の創作だけは
小作でも続けていきたいと思う

私にとっては
それが生きることだから・・・

ともしび

始まり

何かが始まろうとしている
私の心にともった灯り
いつかは世に出たい
昔の仲間に見てほしい

そんな気持ちの整理を
していると言葉が自然と溢れてくる
あの人にも伝えたい
親友・旧友・恩師・かつての仲間
みんな元気で暮らしているだろうか

私は道標とか扇の要のタガでよい
人と人を導き会わせあう存在で

うれい

今日こそは勇気を持とう
心の中にあるわだかまりを捨てて
自由な気分に浸りたい

雪や雨に打たれていても
どんなに寒く厳しくても
自然の猛威に打ち勝ち
人と語らいの時間を持って
明日への英気を養っていこう

何時までもくよくよしていないで
早く休んで心の憂さを晴らしていきたい

新年

今年は冬のオリンピックの年だ
この詩集が出るころには
結果は出ているだろう
つつがなく我が家で新春を
迎えることができとても満足している

寝正月だったが
十二分に心は静養できた
君とも久しぶりに二人で
仲良くおせちを食べることができた

新春早々精神科の診察があったが
良好と判断していただき
2度目のコロナワクチンも接種した

今年はきっと良いことがあると
自らに言い聞かせたい

うれしさ

君がとても嬉しそうにしている
成年後見の適用除外の申請が
上手くいくそうだ

昨日、司法書士の女史が来て
説明をしてくれた
君は言った
「私もついているし、相談できる方もいる。
大丈夫です」

随分、苦労を掛けてしまったが
これからは二人だけの
幸せを考えていこうねえ

コロナが落ち着いたら

ここ数年来出かけていない
初詣旅行など行ってみたいと思う

君は小馬鹿にするけど
僕は小学生の就学旅行以来
伊勢神宮に詣でることはなかった

伊勢も変わったそうだ
おかげ横丁に行ってみたい
1泊2日が大変そうなら
ゆっくりと2泊3日程度でどうかなあ

君の写真が余り無いので
カメラマンに徹することにするよ

それまでにお互い体調を整えておこう

節分

もうじき節分だなあ
来年のことをいうと鬼が笑うという

でもまだ今年が始まったばかりなので
今年1年のことすら予想もできない
多分予想では家の近所に
新たなる商業施設が
設置・竣工しているだろう

君は恵方巻の代わりに
得意のサラダ巻を作ってくれると
約束してくれている

君と二人で来年までの
或いは今年1年の

健康と健勝を祈りたい

寒波

研ぎ澄まされた氷の刃
雪やヒョウとなって地上に降りしきる
この異常にまでも低下した空気
北日本や日本海側だけではなく
太平洋側でも降りしきる

人は暖を取り 暖かい飲料で
心の安らぎを得ようとする
雪や寒波と闘う方には
心よりエールを送り続けたい

よろこび

いよいよ契約ができる
私の2作目の詩集が
日の目を見ることになる

風流な言葉や
奇をてらった表現は
相変わらずに皆無に等しい

君との生活・君への思いなどを芯にして
私の心の喜びを詩にて表現している

ありがとう・君よ
こんな私でも
言葉とやさしさで守ってくれて

深夜の創作

心と身体をゆっくりと寝かして
心底創作意欲がわいた時こそ
言葉を綴っていきたい

詩は簡単そうでも難しい
少ない語彙・稚拙な表現
小さめの夢や希望

でもひたすら自らと
君と世間の方のために
私の言葉を刻んでいく

いつかは世間に
こう言った人間がいることを
理解してもらうためにも・・・

15年前の夢

あれは入院中に看護学生に
私はこう言った
「出版と海外旅行が夢です」と

今は、夢の半分は実現した
３年前に自費出版し
自分の詩集も持てた

海外旅行は果たせぬ夢となったが
夫婦仲良く国内の散策でも
したいと思っている

長らくの入院生活で
体重も50キロ前後だし
体力さえつければ旅行も可能だと思う

さらなる夢をまた持っていきたい

問いかけ

イチゴ

赤く色づいた可憐なイチゴ
クリスマスとともに
脚光を浴びている

聖夜にはクリスマスケーキとして
祈りを込めて食される

甘く酸っぱいので
練乳をかけて
スプーンでつぶして
美味しそうに頂こう

道

この道は果てしなく
どこまでも続いている

それは険しくて
とても過酷です

私一人では
くじけそうになる

君が支えてくれて
勇気が出ます
ありがとう

このまま二人仲良く
人生を歩んで行きましょう

出会い

新しい出会いの場
一歩ずつ階段を
上っていきましょう

遠慮せずに溶け込んでいこう
仲良くしてくれる仲間

楽しい 嬉しい 羨ましい
こんなことなら
もっと早く参加しておけばよかった

出会いは不思議です
このことを大切にしたいのです

旅への憧れ

オリエンタルな風景を見ると
私の夢は膨らんでいく

いつかは訪ねてみたい
異国情緒にあふれる街を

心静かに願っている
質素でもよい
愛に満ち溢れた旅の実現

君も拒まないで
心の旅に付き合ってください

時計

私の腕時計は
不思議に時刻を刻んでいきます

嬉しい時 悲しい時
全て時計はその様子を
如実に表している

君の時計も
僕の時計に同調して
時を同じく共有している

氷雪

研ぎ澄まされた氷の刃（やいば）
人々の心の奥底に
突き刺さって
試練の時をもたらしていく

自然という名の諸刃の剣
刃物のごとくに
厳しく人に試練をもたらす

心の底から声を掲げて
神の仕業と闘おう
明るい季節 早春を
待ちわびながら・・・

事始め

やあ 元気だったかい
お久しぶりです

随分恰幅が
良くなられましたねえ

君こそ顔が
丸々として見えるよ

長い休みを経て
再会した仲間

心震わせ 心温め合い
人の有難さに涙をながす
ああ 仲間ってなんて素晴らしいのだ

月光

月光が湖に差し込んで
黄金色に輝いている

太陽は男性 月は女性
太陽は単に暖かいだけだが
月はほのかに冷めて冷ややかである

月は愁いを浴びて
気品もあります

今日の月に感謝します
ありがとう

冬季五輪

粉雪舞い散る異国の地
世界の若人が集い合う

日ごろの成果を競い合い
表彰台の位置を目指す

闘い終われば仲良く打ち解け
平和の祭典に友情を語り合い
互いに相手を称え合う

春はそこまで

もう春は来ているのに
気付かないでいた

防寒肌着をやめて
厚手のブルゾンも
薄めのジャケットに着替えてみた

食卓には菜の花のお浸し
今日はひな祭り
ひな寿司ならぬ海鮮チラシ
突き出しの若竹煮

小春日和が続けば
桜前線の北上も近いだろう

地球

私は深夜に目覚めて
一人物思いに耽ってみた

この星のもとに
七十億人以上の人が
生活をしている

寝ている人 朝を迎える人
お仕事をしている人
ゆうげを囲む人などと
まちまちに暮らしている

各々価値観は異なるが
皆地球人に変わらないことも
事実であると認めざるを得ない

問いかけ

私は誰の為に
生まれて来たのか
あなたに巡り会って
答えを知ったわ

昨日まで先の見えない私は
今日や明日を求めて
迷っていた

あなたを愛することで
生きがいが出来たの
貴女の面影を抱いて
旅に出かけよう

古の唄

古の頃より
人々は火を囲んで集い
夢を語り 友情を育んでいた

詞を読み 節をつけて
朗々と唄いあげていた

唄は引き継がれて
伝承となり
やがて部族の文化となっていく

こうした記録は
原住民の間には
細々と残っているだろう

うた詩3

悲しきピエロ

その方の人生は 泣き笑いの繰り返し
人を笑いに誘って　泣いている子供もなだめます

大きな勝負には 関わらずに
地道な道化に　徹していた

ユーモアとペーソス　持ち合わせて
名声に溺れることなく　生きていました

器用に玉乗りする姿
華麗に行う　ジャグリング
人は彼をこう呼んでいた　　　悲しきピエロと

いつも笑顔を　絶やすことなく
人に愛情を理解させて　多くの人に支えられています

彼の本性は　隠したままで
悲しみ・喜び　同居していた

みんなの愛に　見守られながら
明日への夢を　与えていました

器用に行う　カードマジック
危険な技の　空中ブランコ
人は彼をこう呼んでいた　　悲しきピエロと

風船人生

毎日　毎日　ただ生きているだけさ
僕の心は　寂しくて辛い

今日も楽しみ　持てなくて
暗くて　落ち込みそうなんだ

僕は風船　君が糸を持っている
もし君が　糸を離してしまったら

遠くへ行ってしまうだろう
雲の彼方に消えていき　二度とは帰ってこないだろう

そうならないよう　僕は誓うよ
君の負担にならないよう　　夢を追い求めて
生きていきます 君の愛にこたえられるように

毎日　毎日　君が微笑みかけているのに
僕は憂鬱　笑みさえ持てない

愛に支えられているのに
僕の心は　揺れ惑っているのさ

僕は風船　君が糸を持っている
もし君が　飛ばそうとしたら

虹の彼方に飛んでいくだろう
異国の地にて　不幸せにも弾けてしまうだろう

そうしたくないから　僕は誓うよ
君とともに話題を持って　　人生を楽しみながら
生きて行きます 君の大切なパートナーとして

元気出そう

人は誰も　どんな時でも
やるせなく感じる　時があるでしょう

気だるくて　切なくて
どうしようもないほど　弱気になるものなのさ

夢をもう一度　見つめなおして
自分の道を　切り開いていこう

元気出して　勇気をもって
精一杯に　努力をしよう
たった一度の　人生だから

人は誰も　どんな時でも
愛に目覚める　時があるものだ

寂しくて　人恋しくて
恋に目覚めるように　戸惑ってしまうものなんだ

恋の自覚をして 心の奥の声を
迷うことなく　投げかけてみよう

元気出して　勇気をもって
さらけ出して　生きていこう
かけがえのない 人生だから

恋のシャッフル

私のことが　不満でいるなら
他の人に　代えてください
形だけの　挨拶の言葉
私に対して　失礼すぎるわ

誠意のないような　見せかけの誉め言葉
貴方の品位を　疑うわ

恋は自由よ　望んだように
相手を変えて　シャッフルするわ

ねえ誰か　私とのペアリング
望む人が　出てきてほしいの

貴方のことは　申し分ないけど
他の方とも　お話がしたいわ
政治や経済　話題がかたいの
少しは楽しめる 話題も持ってね

誠意はあるけど 身内の話ばかり
見合いの席では ない筈よ

恋は自由よ　望んだように
相手を変えて　シャッフルしよう

ねえ次の方　私と付き合いたいのなら
気の利いた話題 話を聞かせて

ときめき

この胸の中　張り裂ける想い
あなたにいつか伝えてみたい

麗しき姿　長い黒髪
あなたの写真　いつも手元に

僕を魅了する　あなたの話
いつか打ち明けよう　この恋心

きっと清々しく熱い胸の内
分かってもらえるよう　僕の情熱を

この心の響き　脈打つ鼓動
あなたにいつか伝えてみたい

茶色い瞳　素敵なえくぼ
あなたとのライン　欠かさず続く
僕を飽きさせない　あなたのスタンプ
会ってうちあけたい　この胸の内
いつか分かり合える　二人の関係
心を決めて付き合っていきたい

港風景

窓の外には　入り江が見える
港の朝は　目覚めが早い

連絡船の　汽笛聞こえて
カモメが高く　潮騒騒ぐ

港の景色　無表情で
潮の香りが　肌にとりつく

出船　入船　とめどなく流れ
夢を運んで　人生の旅よ

橋の上から　埠頭を見れば
異国の船が　接岸している

遊覧船の　港めぐり
売り子の娘　掛け声響く
港の景色　日常的で
はしけ行き交い　潮の香（か）匂う
出船　入船　とめどなく流れ
旅の無事を　願って祈る

恋人

今日は特別な　日曜の朝
気もそぞろに　顔を洗って
鏡に向かって　お洒落をするのよ

早めの朝食　軽く済ませ
身だしなみに　注意して
好みのスーツを身にまとってみる

私は名もないただの人
でもあなたの前では　有名人なの
私は質素で倹約家です
でもあなたにとっては　お嬢様よ

早くあなたに会いたいなあ
待ち遠しくてたまらない

いつもの駅での待ち合わせ
恋人気分で待っていて

洒落たカフェにて　モーニング
気分を変えて　ルージュを引く
あなたのスーツも　似合っている

今日の予定は　映画鑑賞
ポップコーン買って　コーラ飲み
キャラクターグッズを　買ってみる

私は寡黙な話題のない人
でもあなたの前では　饒舌なのよ
私は笑顔の少ない人です
でもあなたの為に　笑みを浮かべる

またあなたとデートしたいなあ

今度の週末も付き合って
もうじき手作りマフラーでも
あなたの為に用意します

聖夜の街

もう12月なのだね
季節も変わって木枯らしの冬
街のいたるところには
クリスマスのオブジェ

一年を振り返ると
新たなる記憶がよみがえってくる
ショッピングモールでは
バーゲンセールが行われる

今年のクリスマスは
誰と過ごそうかと考える
一番の本命になるのは
お得意先のセールスマン

身も心も洗い清め
来るべき新春をひそやかに待つ
年賀の挨拶状も
工夫を凝らして印刷をする

聖夜にはクリスマスソングが
教会から聞こえてくるよ
荘厳なるパイプオルガンで
教会ミサに華を添える

白い雪が降ってきた
赤い服装のサンタクロース
想いを寄せたあなたへの恋
伝えてみたいなメッセージ

二人だけでクリスマス

マフラー、手袋のプレゼント
気持ちをしたためた手紙には
互いの健康願い合う

木枯らしが吹いてきたので
カフェにて一休みしようよ
エスプレッソコーヒー飲んで
身も心も暖まりましょう

アジサイの花

街の雑踏の中に　しめやかに咲くアジサイ
夕暮れ時の寂しさに　わが心に沁みてくる
あなたを忍ぶわが想い　ふと降り出したにわか雨
心の憂いを言葉に託し　あなたに送ろう詩手紙を

いつかはあなたと　アジサイ通りを歩きたい
今宵の帳は　一人切なきこの夕げ
あなたと二人で過ごしたい　暖かな団ある食卓を
心の憂いを言葉に託し　あなたに届ける押し花を

今このひと時を　大切に生きていこう
あなたの返す　微笑みの眼差し
今このひと時を　恋にまみれて生きていこう
あなたからの返事を　待ちわびながら

この世に生まれて　咲く紫　無情の響きがある
過去にとらわれず　明日を目指す
一日一生賭けてみて　あなたに送ろうわが勇気
今日も一日　暮れていく

赤紫色した　可憐に咲くアジサイ
朝の光に　溶け込んでいる
あなたに賭けたわが想い　しっかり朝日に映えている
心の叫びを絵に記し　あなたに送ろう絵手紙を

いつかあなたと　アジサイを愛でて
今朝の食事に　添える切り花を
あなたと二人で過ごしたい　街の公園東屋で
心の喜び唄にして　あなたに送る贈り物

今このひと時を　大切に生きていこう

あなたの発する　囁きを
今このひと時を　愛に満ち溢れて生きていこう
あなたのくれた　ハンカチで

この世のさだめに　咲く花に　とても活力がある
思い切っての行動に　運命が開ける
一か八かの試練中　友情を愛情に変えて
輝く明日を　目指したい

アットランダム

作　JUN&HIDE

2002.11.5 JUN

ちい太と私

あれは30年以上も前です
五平さんがカメラを構えると
ちい太はソファーによじ登り
きちんとポーズしてくれました

カメラ目線ではいポーズ
ちい太は先に天に召されたけれども
私には良き思い出です

天国で五平さんとマキちゃんと
仲むつまじく暮らしてください

世界遺産 by Jun

夕映えの古城

もう15年以上前になる
君と出かけたフランスツアー
調子を崩した私を気遣って
荷物の整理から着替えの準備まで
手際よく手配してくれた

ほとんど覚えていないが
君の描いたモンサンミッシェルは
とても素敵な世界遺産だよ

彼の地で食べたオムレツ料理
食欲がない私でも旺盛に食した
もう二度と海外旅行は
ごめんこうむりたいけれど
君と一緒の国内旅行には

不自由な足を駆使してでも
出掛けてみたいと思っている

2007.11.3
Jun

ハッピー

もう20年以上前のことだ
交際期間中に東京ディズニーに
旅行に出掛けた

僕のプレゼントしたスーツを身にまとい
君は嬉しそうにミッキーやミニーと
記念のスナップを撮っていた

道端に座り込んで
パレードを見学しとても楽しめた

もうお互いに年寄りだから
テーマパーク旅行は場違いだけど
若い頃に行っておいて良かったんだ

これからも観光旅行は
年に2~3回は行こうね
まだまだ僕たちは若いのだ

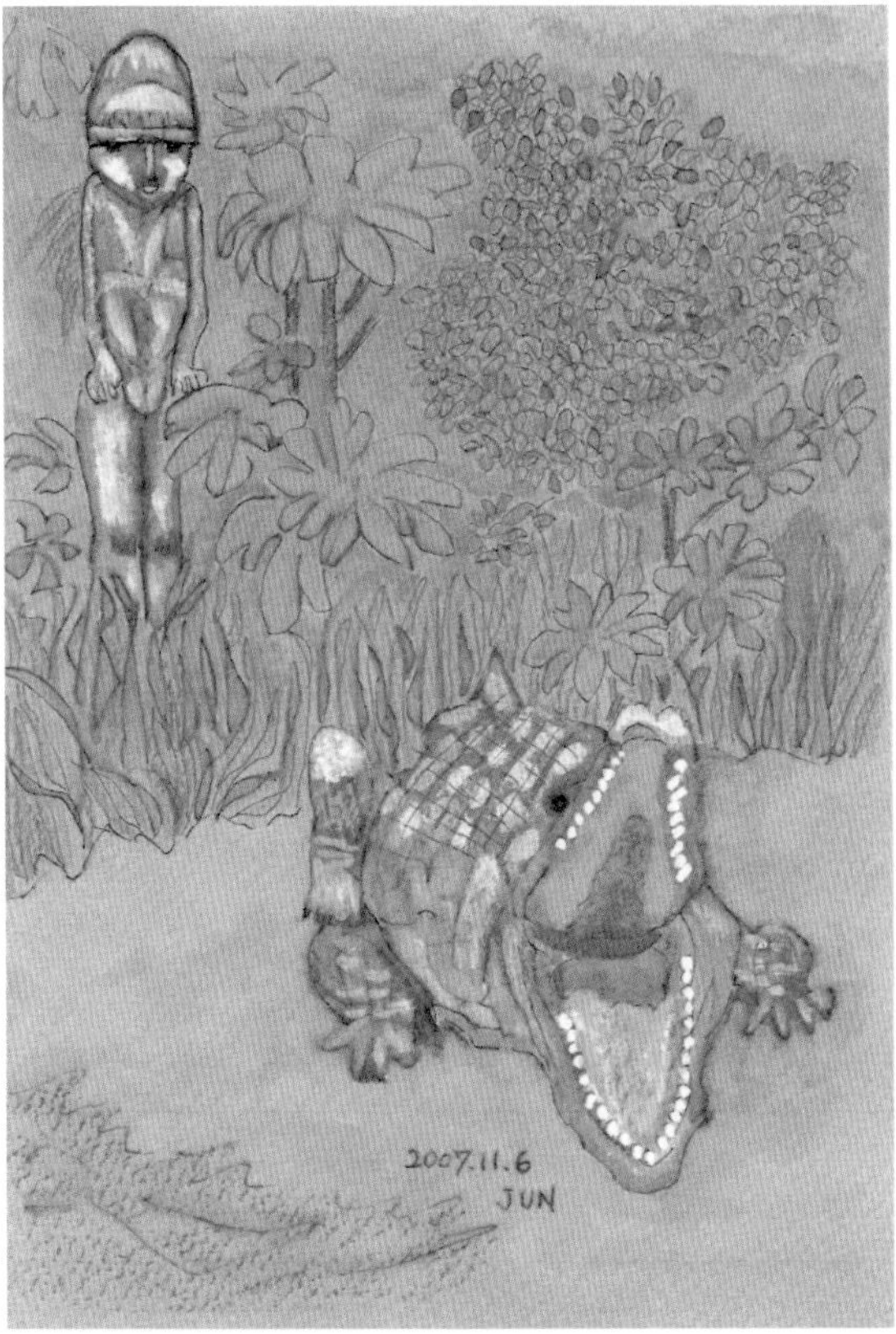
2007.11.6
JUN

見せかけの世界

まるでジャングルを
船でクルーズしているかのようだ
次々に現れる虚空の世界

案内人が危険を知らせたり
ワニのレプリカに発砲したりして
スリリングな時間を共有した

君は少しはしゃいで
僕に奇声を浴びせかける
「きゃあ!　びっくりしたわ」

興奮が冷めやらないうちに
ベストショットの写真を撮った

「もうこりごり、でも楽しかった」
子供のように君は純情だった

犬と花
2006.11.18
Jun

君の趣味

若い頃は多趣味だったんだ
ピアノ、エレクトーン、詩集絵、セミブリーダー
園芸、アートフラワー、ドライブなど

でも僕と一緒になってからは
家事に追われて料理とカラオケ位
ごめんなあ気に留めてはいるのだけれど・・・

一時夢中になっていたパチンコも
僕の反対ですっかりしなくなった

だから二人の夢
共著の詩画集をいつか世に送り出そう
君の絵はとても素敵で
見る人に訴えかけることが多いと思っている

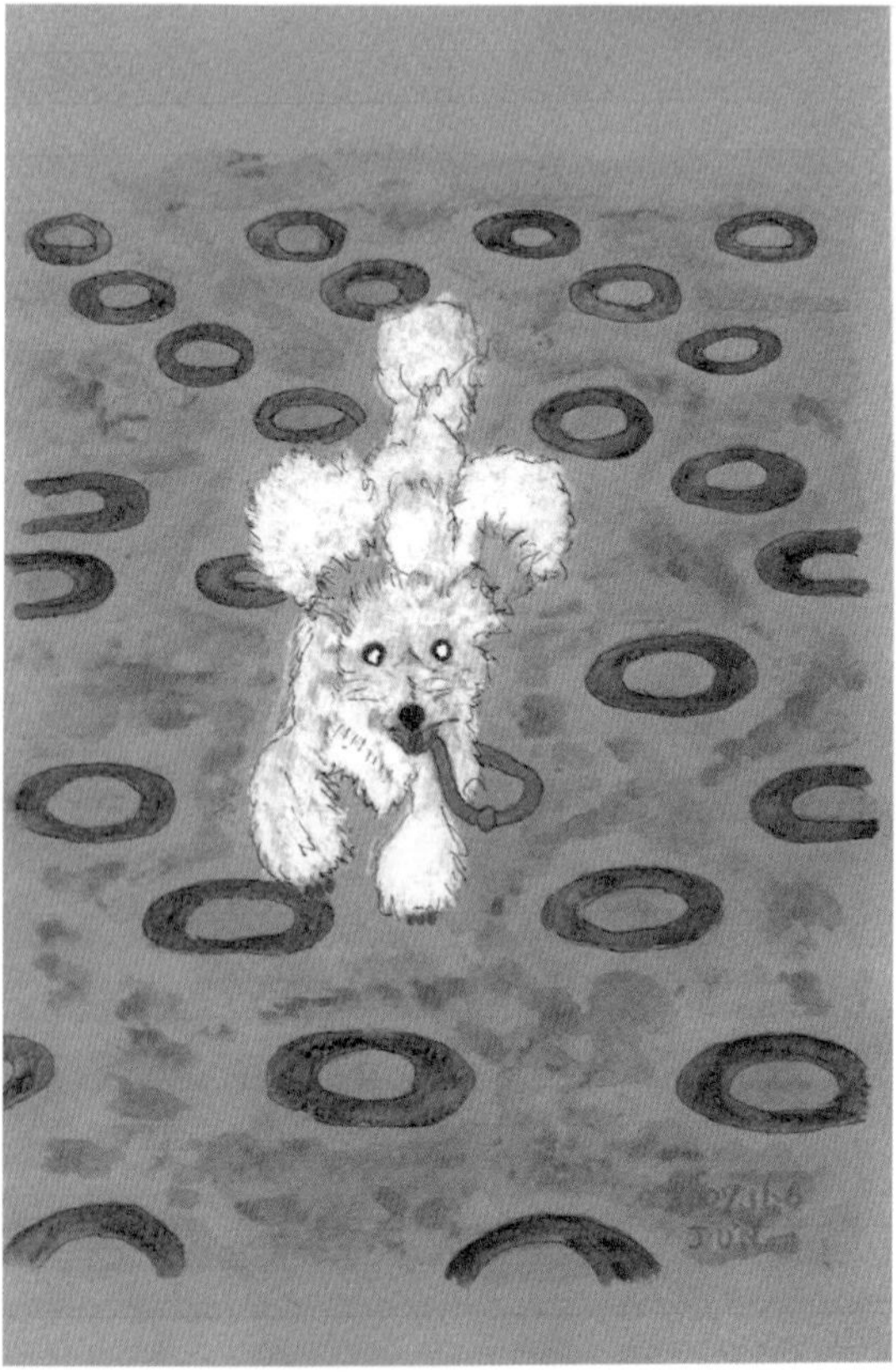

若かりし頃

君はとても犬好きだ
僕の知らない君の秘密
セミブリーダーをしていたなんて

中でもあつこちゃんの思い出話
懐かしいように　嬉しさを持って
君は話してくれる

あつこちゃんはとてもおしゃまで
散歩好きなんだそうだ
ご近所の犬好きの方々にも
可愛がってもらっていた

リードを離すと
一目散にかけっこして

けなげな姿を披露していた

君のもう一つの自慢
あつこちゃんの最後を見届け
天国へと見送ってあげられた

もうこの団地ではペットは飼えないが
思い出話の中に楽しみを込めていこう

Flower
2006.11.14
Jun

母の日に

私が20代の頃
母は働きに出ていた
一人息子の私は
母にとっても自慢の息子だったらしい

ピンクのカーネーションの
花束を慰労の意味で
プレゼントをした
素敵な折り畳み傘を
花束とともに贈った

母はとても喜んでくれ
花束は日持ちするように
花瓶に入れてくれた

子供のいない私たちにとって
母の日は無用の長物なのだ
だから夫婦の日や
結婚記念日はアニバーサリーの日として
余計に祝賀したくなる

今年の結婚記念日は
久しぶりにホテルレストランで
祝いたいものだ

街の風景

私が住んでいる街は
自然にあふれている
閑静な住宅地　大規模な公園
公民館　市民センター

多くの施設が住区内に点在し
主要な街路には木々が植えられている
高層団地も多く　駐車場も設置されており
小学校も徒歩圏にある

街はコミュニティバスで
連絡されて移動にも便利だ
もうじき商業施設も出来る

我が街に乾杯しよう

お洒落

今日は街の中心への外出
天気は快晴で　気分はうきうき
おろしたての靴を履いて
お気に入りの服を着て
あなたと二人での散策

しっかりしてよ　あなた
私の前でみすぼらしい恰好だけは
しないようにしてね

2005.
By

空間美

ただ何となく置かれている
花瓶と果物
情景が不自然のようで
静物としては落ち着いている

静かな風景の中にも
情熱が感じられ
絵と言葉が絶妙にコラボしている

君の描く絵で常々出版したいと
想っていたけど
君の絵が優秀すぎて
僕にもかなわないよ

もし君の絵が認められるようだとしたら

君は認めてくれるだろうか
JUN & HIDEでいつかは出版しようなあ
きっとだよ　約束してくれ

作者あとがき

妻との共作の詩集は、長年来の夢でした。この度風詠社さんのアドバイスを頂いて今回の編集が、出来上がりました。

妻との結婚には、精神科の病院で出逢いを持った経緯もあり、亡き伯父や妻の兄弟も慎重でしたが、伯父亡き後妻が良く支えてくれました。

最後にこの詩集が、多くの方の目に止まれば作者として本望です。

苗田　英彦　Naeda Hidehiko

昭和30年1月26日兵庫県伊丹市生まれ。兵庫県在住
昭和45年4月兵庫県立伊丹高等学校入学。
昭和48年4月神戸大学工学部土木工学科入学。
昭和53年3月同卒業。
昭和53年4月兵庫県加古郡播磨町役場就職。
昭和63年3月同退職（主に都市計画行政を担当）

28歳の時　軽い不安神経症に悩む（神戸大学医学部精神科に受診）
平成5年9月母死去（天涯孤独となる）
平成6年5月統合失調症により正仁会明石土山病院入院
平成6年から詩の創作を始める
平成6年11月2級の障害基礎年金、及び共済障害年金受給決定
以降入退院を繰り返す
趣味　夫婦旅行

平成18年1月自主制作詩集「白い世界」（非売品）
平成19年1月自主制作詩画集「今を生きる」（非売品）共著／高見雄司
令和元年9月処女詩集「生を受けて」風詠社
令和4年6月第2詩集「君にしてあげられること」風詠社

ブログ 「生を受けて（苗田英彦のブログ）」

詩集 あけぼの（JUN & HIDE）

2023年10月17日　第1刷発行

著　者　苗田英彦
発行人　大杉　剛
発行所　株式会社 風詠社
〒553-0001　大阪市福島区海老江 5-2-2
大拓ビル5 - 7階
Tel 06（6136）8657　https://fueisha.com/
発売元　株式会社 星雲社
（共同出版社・流通責任出版社）
〒112-0005　東京都文京区水道 1-3-30
Tel 03（3868）3275
印刷・製本　シナノ印刷株式会社

ISBN978-4-434-32745-2 C0092